Koutchoukalo TCHASSIM

Affairages

(Théâtre)

Title: Affairages (Théâtre)

Author: Koutchoukalo TCHASSIM

ISBN: 978-1-988391-14-4

Cover image: www.pixabay.com

2nd edition

MEABOOKS Inc., Lac-Beauport, Québec

Sur une grande place publique nichée au milieu de plusieurs gratte-ciels, des individus affairés, chacun de son côté, forment un cercle au milieu duquel trône un Géant biforme (homme d'affaire politico-religieux) au visage ferme, dans un accoutrement tout étincelant et aux poches multiples et profondes. Les individus très préoccupés, n'osent pas soulever leur tête pour regarder le Géant. Ils paraissent préoccupés par ses exigences. On note la présence ses membres du G5(le groupe des plus proches des proches du Géant) et douze porte-paroles ; chacun semble faire ses affaires sur son territoire délimité autour de lui par un petit cercle artificiel, mais affilié à un groupe suivant les affinités ou les affaires menées. Par ordre d'importance, on note le G5, le G10 (le groupe des proches des proches du Géant) et le G35 (éclaté en deux groupes : le G15 et le G20).

Contenu

TABLEAU I

Dans le cercle, pendant que les autres sont préoccupés, trois personnages de noir-brillant vêtus, chacun porte-parole d'un groupe donné, dans une atmosphère morose, rappellent, d'un air triste lumineux, l'histoire de l'infiltration du capitalisme dans leur société.

Le Porte-parole du G5 : Jadis la vie de nos aïeux fut paisible, sans égoïsme ni convoitise. Tous les lombrics se nourrissant des fruits de la terre, étaient tous égaux et riches de la même richesse.

Le Porte-parole du G10: Ahan ! Il n'y avait pas de ces inégalités criardes.

Le Porte-parole du G35 : Le troc ravitaillait chaque maisonnée en besoins nutritifs et autres.

Le Porte-parole du G5: Puis vinrent les cauris, monnaie endormie devenue parure. Puis surgirent un petit matin les commerçants véreux et leurs complices marchands nègres. Les vendeurs et les acheteurs de nos aïeux déportés sous d'autres cieux.

Le Porte-parole du G10: Ils étaient des esclaves. Oui ! Des esclaves dont la sueur, le sang et la chair en humus, fertilisaient les terres des exploiteurs.

Le Porte-parole du G35: Puis vint l'exploiteur, pilleur de nos entrailles, bâtir un chez soi étincelant sur nos dos voûtés.

Le Porte-parole du G5 : Il nous imposa les travaux forcés, viola, sodomisa notre âme, notre culture, notre vie.

Le Porte-parole du G10 : Il nous imposa la monnaie de l'exploitation et de la surexploitation.

Le Porte-parole du G35: Il nous imposa l'Evangile de la pauvreté : « Heureux les pauvres en esprit, car le royaume des cieux est à eux ».

Le Porte-parole du G5 : Un évangile qui nous endort et nous prive de la raison raisonnante, un évangile qui nous abrutit.

Le Porte-parole du G10 : Puis il nous imposa les fruits de ses inventions qui nous aliènent, font de nous des esclaves de seconde génération, des consommateurs passifs, incapables d'inventer la roue de l'histoire.

Le Porte-parole du G35: C'est vrai en plus.

Le Porte-parole du G5 : Puis il nous imposa le capitalisme, cette quête effrénée de la monnaie sonnante et trébuchante et du vivre sensationnel…

Le Porte-parole du G10 : Pour laquelle l'Autre est une bête très rentable à dépecer et à vendre en détails ou en gros et dont la vie ne vaut que sacrifices et enrichissement.

Le Porte-parole du G35: Pour laquelle l'éthique a changé de fusil d'épaule. Et la mondialisation ?

Le Porte-parole du G5 : Elle est capitaliste et tout chemin mène à DRONELS.

Une voix de l'ombre : Intellectuel taré. On dit : « tout chemin mène à EMOR »

Le Porte-parole du G10 : Des intellectuels tarés qui savent ce qu'ils veulent.

Le Porte-parole du G35: Des intellectuels qui ne sont pas tarés comme on le pense. Des intellectuels qui savent jouer sûr lorsqu'il s'agit des affaires.

Le Porte-parole du G5 : En tout cas, moi, c'est DRONELS qui m'intéresse. EMOR ne me séduit plus à cause des scandales d'amour que provoquent les anges aux robes longues blanches souillées de toutes les candeurs ténébreuses. EMOR soulève mes tripes à chaque fois que le titre de l'ouvrage *Et si Dieu n'aimait pas les noirs* de Serge Bilé me taraude l'esprit. Un nid de déconfitures crasseuses et racistes, EMOR.

Le Porte-parole du G10 : Il nous impose cette pourriture de vie aussi.

Le Porte-parole du G35 : Et nous l'avalons goulûment sans penser à la constipation.

Le Porte-parole du G5 : Et nous, nous n'imposons rien. Nous ne leur imposons rien. Nous ne nous imposons pas. Passifs comme des carpes dépitées par le sable de plage.

Le Porte-parole du G10 : Ceux qui osent s'imposer passent à la casserole meurtrière. Elle les bout et les rend muets à jamais.

Le Porte-parole du G35: Il nous imposa des crimes crapuleux, agressifs et scellés à ne jamais ouvrir la poêle. Lumumba, Sankara, Kadhafi … Les braillards indésirables. Rien que les intérêts !

Le Porte-parole du G5 : Et le capitalisme qui empoisonne le monde et nous tient ! Il nous impose l'exploitation de l'homme par l'homme, l'esclavage sexuel.

Le Porte-parole du G35: Et nous, nous imposons la violence capitaliste. Le devoir de violence refait surface. Yambo Ouologuem a trépassé. Vive Yambo Ouologuem qui remit en cause l'Afrique idyllique.

Tous : Vive la violence !

Ils se retrouvent tous autour d'une caisse en bois que le porte-parole du G35 ouvre. Elle est remplie de billets de banque neufs. Au-dessus des billets gît un crâne humain. Ils se mettent tous à les caresser, puis s'asseyent. Le porte-parole du G5 est chargé de répartir la manne. Au moment où il tend la main pour prendre les premiers billets, apparaît Le Géant.

Le Géant : Je vous ai suivis du début jusqu'à la fin. Espèce d'ingrats. Mettez-moi cette caisse par ici.

Le Porte-parole du G5 : Euh ! Euh ! Monsieur Le Géant, c'est notre manne à nous. Nous nous sommes salis les mains pour l'obtenir. Vous ne pouvez pas nous la dérober facilement comme ça parce que la raison du plus fort prévaut.

Le Géant : *Shut up* ! Tu la fermes ou tu sais ce qui peut t'arriver.

Le Porte-parole du G5 : A vos ordres, Monsieur le Géant !

Tous trois : Merci Monsieur Le Géant. Que Le Géant ne se fâche pas contre les escapades de ses serviteurs !

Le Géant : Courez, dis-je !

TABLEAU II

Le Géant, dans un entretien préliminaire avec ses collaborateurs (porte-parole des groupes), attire leur attention sur ce qui lui paraît très important dans leur collaboration. Les dix-sept collaborateurs, soucieux de savoir ce qu'il désigne de très important, se regardent impatiemment. Le Géant, dans l'intention de maintenir le suspense promène son regard interrogateur et fusilleur sur ses administrés en faisant le tour du cercle.

Le Géant : De l'argent, rien que de l'argent ! Des intérêts, rien que des intérêts. Du bénéfice, rien que du bénéfice. Vous m'entendez ?

Tous : Oui Maître, vous l'aurez, de l'argent. Vous en aurez au-delà de vos désirs.

Le Géant : Bande d'idiots, taisez-vous. Je veux entendre les mouches voler. Je sais qu'il y en a qui n'ont pas été à la hauteur de leur mission.

Première voix isolée : Ce n'est pas moi, Excellence.

Deuxième voix isolée : En tout cas, moi, j'ai été à la hauteur dèh, la trahison ne passera pas par moi looo !

Troisième voix isolée : En tout cas, ça dépend de ce que Mon Géant entend par « être à la hauteur de sa mission ». Chacun dira qu'il l'a été à sa manière. Vous en jugerez, Grand Géant. Ma voix s'arrête là.

Le Géant : Vous allez vous taire vous ? Je sais que vous savez de quoi je parle tout en feignant de l'ignorer.

Première voix isolée : L'argent, l'argent ! L'argent appelle l'argent (*Il se lève et se met à danser*).

Deuxième voix isolée : L'argent, money, Cédis, CFA, dollar, Naira (*Il se met à son tour à danser*).

Troisième voix isolée : On va parler maison. Maison, maison, hé ! On va parler voiture. Voiture, voiture, hé ! On va parler maîtresses. Maîtresses, maîtresses, hé ! Elédji, Elédji, Elédji, Elédji….. (*Lui aussi se lève et se met à danser*).

Le Géant : Bande de délinquants ! Arrêtez-moi votre comédie. Vous vous croyez où là ? À un concert ? D'ailleurs, je veux respirer de l'air pur. C'est la langue de Molière que je parle. Je dis je ne veux voir personne autour de moi. Ignares !

Tous : Hooo ! Vraiment, nous sommes des ignares !

Le Géant : Allez oust ! Hahaha ! Hahaha ! Hahaha ! Je vais les avoir. Ils se croient plus malins.

Tous : Nous ne coulerons pas. S'il faut couler, c'est avec vous. C'est ensemble que nous coulerons, Excellence !

Le Géant : C'est vous qui allez couler ! Sans mes affaires, vous coulerez. Vous élirez domicile à Reubeuss. Tous des voleurs sur le dos des pauvres gens, des magouilleurs, des fraudeurs. Un club de séducteurs, de farceurs pourris qui ne jurent que par les affaires.

Les voix des collaborateurs : L'honnêteté ne paie plus, Monsieur Le Géant. Vous le savez plus que nous. Nous avons été de par le passé malheureux parce que nous avons voulu être honnêtes, mais nous avons laissé malheureusement des plumes. Oui, beaucoup de plumes.

Les voix de deux collaborateurs: Nous avons été démis de nos postes parce que nous ne faisions pas l'affaire de nos princes magouilleurs, courir dans tous les sens quand ils toussent, trembler quand ils pissent et enfin ramener le fond des marmites à leurs poches.

La voix du collaborateur puritain: L'honnêteté est une règle de l'éthique à jalousement conserver pour nos enfants, les enfants de nos enfants…

Les voix des collaborateurs : Hooo ! Sois là à parler d'éthique. Tu n'as pas encore compris que c'est le Géant capitaliste qui gouverne ce monde ici-bas. Il y a longtemps que l'éthique et le puritanisme sont inhumés. Tu mourras pauvre, tes enfants pauvres, ta mort pauvre, ton cercueil pauvre et même les petits monstres mouvants qui viendront se régaler de ton cadavre seront pauvres. De ton vivant tu n'auras pas à soulever les longues et jolies cuisses des pintades délicieuses. Tu auras vécu inutile avec ton éthique.

La voix d'un collaborateur: Ethique, éthique ! Mon œil oui. En voilà des gens qui font moisir les leurs pour un gros zéro.

La voix du collaborateur puritain: (*En sanglots*) Eh ! Dieu ! Tu es témoin des abominations de ces monstres et tu restes passif. Regarde combien nous paraissons ridicules lorsque nous nous retrouvons au milieu d'eux.

Le Géant : Faites venir ce puritain. Monsieur le puritain, c'est bien d'être puritain, mais laisse-moi de prévenir que ton puritanisme te conduira dans un gouffre. Une jolie robe te sera cousue selon ta taille et ta forme avec de gros mensonges pissés et tu n'auras que tes yeux pour pleurer. Espèce d'idiot. Ouvre les yeux et refais-toi une nouvelle vie.

La voix du collaborateur puritain: Je ne peux pas, Excellence !

Le Géant : Désolé pour toi. De toutes les façons il y aura une séance de restitution et tant pis pour toi. Allez, va pleurnicher sur tes idioties. Et d'ailleurs tu n'es plus avec nous. Tu es démis de tes fonctions et remplacé immédiatement. Ce ne sont pas des génies qui manquent. Allez, allez, allez ! J'ai besoin des hommes, de vrais, capables de tuer, de tordre le cou à la lumière, vociférer, escroquer, violer, torturer, dévaliser les caisses quand il le faut et sans état d'âme. Le puritanisme est bon pour l'Eglise, mais pas pour les affaires. Même les hommes de Dieu et leurs ouailles aujourd'hui sont plus monstrueux que ceux qu'ils qualifient de mondains. De par mon statut d'homme politico-religieux, je sais de quoi je parle.

Il renvoie le collaborateur puritain comme un monstre indésirable. Celui-ci s'en alla en sanglots, visage tourné vers le ciel. Le Géant, seul, tourne sur lui-même, puis passe sa main sur son ventre bedonnant comme pour le caresser et se retire à petits pas, confiant.

TABLEAU III

Le Géant, assis sur son trône, attend du groupe des cinq (G5) la présentation de leur rapport financier selon son système de gouvernance.

Premier Rapporteur: Maître, j'ai le plus congru des territoires, mais parce que vous aimez bien vos administrés, j'ai élaboré un projet de vingt milliards de dollars ; la construction d'un second pont aérien qui permettra non seulement le désengorgement de la circulation, mais aussi atténuera la pollution de l'air. Nos bailleurs de fonds nous ont concédé un échelonnement de la dette de trente ans. Parce que vous avez pensé à votre peuple, à son bien-être, à son évolution, je vous apporte la moitié de la manne. (*Il se plie devant le trône et laisse choir l'enveloppe contenant le chèque dans l'une des profondes poches*).

Le Géant : Tu as ma bénédiction, bon collaborateur. Tu seras promu les jours à venir.

Premier Rapporteur : Maître… (*Il se gratte la tête*).

Le Géant : Qu'y a-t-il ? Bon collaborateur.

Premier Rapporteur: Euh ! Euh ! Que notre Géant ne se fâche pas. Hummm ! En pensant à vous, j'ai pensé à moi et j'ai pris le quart du financement que j'ai mis sous ma mâchoire inférieure parce que je devais payer les frais d'étude de ma progéniture au pays des Blancs. Je vous prie de ne pas considérer ce manquement pour m'arracher mon territoire.

Le Géant : T'inquiète. Qui découvrira ces malversations ? Elles ne peuvent être révélées que si tu ne fais pas mon affaire. Va dormir avec tous mes compliments. Que Le Deuxième Rapporteur fasse son entrée.

Deuxième Rapporteur : Grand Maître, que la paix soit avec vous !

Le Géant : Il y a la paix seulement !

Deuxième Rapporteur : Grand Maître, je sais que vous aimez votre peuple et vous souhaitez qu'il prospère à tous égards. J'ai donc pensé aux jeunes, aux emplois des jeunes, à leur scolarisation et j'ai construit des écoles, créé 1000 emplois temporaires à durée déterminée et 300 emplois à durée indéterminée, des aires de jeu pour la jeunesse. Tout ceci, Mon Géant, pour soigner votre image et donner du crédit à notre Association. Je suis venu vous donner des détails sur ce à quoi ont servi les 30 milliards de dollars que nous ont prêtés ceux qui nous apprennent à faire des affaires. En tout cas nos partenaires sont satisfaits des réalisations.

Le Géant : Ah bon ! Et c'est qui nos partenaires ? Donc tu es l'un de ceux-là qui discrédite notre Association et traîne mon nom dans la boue. C'est bien. Saches qu'à partir de cet instant, ton territoire n'est plus le tien. Je te le retire et le remets à celui-là qui fera mes affaires. Des gens comme vous, laissent croire qu'ils ont le flair pour vite comprendre les affaires, mais ils ne comprennent rien de rien. On leur fait confiance et leur confie les territoires, c'est pour décevoir. Dégage de ma vue ! Allez, dépêche-toi !

Deuxième Rapporteur : Pardon Grand Maître. Je n'ai rien fait de mal. J'ai voulu simplement soigner votre image.

Le Géant : (*Ahuri*). On t'avait dit que mon image était sale, c'est ça ? Et dis-moi, qui l'avait salie ? Si mon image est sale, c'est avec de l'eau qu'il faut la désalir, espèce d'idiot. Allez, prends l'eau et désalis-la. Voici un seau d'eau. Vas-y, désalis-la. Espèce de bon à rien (*Pour vider sa colère, Le Géant arrose le Deuxième Rapporteur du contenu du seau*). Disparais de ma vue ou je te fais disparaître. D'ailleurs dès demain, tu ne seras plus administrateur de ton territoire.

Le lendemain, à l'heure du journal télévisé, la nouvelle tombe. Le Deuxième Rapporteur est relevé de ses fonctions territoriales.

Le Géant : (*Seul*) Ce con d'administrateur territorial, pour qui se prend-t-il ? Il ne sait pas que quand on fait les affaires, les intérêts du peuple importent peu. Il n'a pas rempli mes poches si profondes et il me parle du peuple. Quel peuple ? Les hommes d'affaires ne voient que leurs intérêts peu importe le statut du client. J'attends de voir celui qui viendra encore me rebattre les oreilles avec le nom peuple ici. Il saura de quel bois je me chauffe et de quel parfum je m'encense ! Euh ! Non ! A quelle température je m'échauffe et de quelle colère je m'enfile ! Je le brûlerai de colère et lui arracherai les yeux des orbites ! J'attends le salaud audacieux qui viendra m'agresser le cœur.

Le Troisième Rapporteur : Je ne suis pas un salaud, moi, Monsieur Le Géant. Je suis un excellent serviteur qui lit les choses dans le secret. Je connais la mission que notre Maître nous a assignée. Je l'ai accomplie, moi, et bien accomplie. Veuillez me recevoir et vous ne serez pas déçu. J'ai pour vous une très lourde commission.

Le Géant : Viens mon fils. J'espère que votre plaisanterie n'est pas de mauvais goût ?

Le Troisième Rapporteur : Pas du tout Majesté.

Le Géant : Entre donc. Le palais t'accueille chaleureusement avec ta commission.

Le Troisième Rapporteur : Majesté, voici votre commission.

Le Géant : Garde.

Intendant : Majesté

Le Géant : Arrache la mallette des mains de ce commissionnaire et va la ranger dans la chambre riche.

Garde : A vos ordres, Majesté.

Le Troisième Rapporteur : Majesté, vous m'avez confié un marché gré à gré, sans appel d'offres, de cent milliards pour des travaux d'assainissement de la ville et de construction de plusieurs retenues d'eau. Je vous restitue une commission de soixante-dix milliards. Moi-même, j'en prends dix et les vingt restants serviront à construire deux retenues d'eau et un petit jardin à la périphérie de la ville.

Le Géant : Petit, tu es bon. Tu es très bon. Tu aurais pu être excellent si tu avais ajouté un peu.

Le Troisième Rapporteur : Oh Patron ! Vos poches sont vraiment gloutonnes. Et le peuple dans tout ça ?

Le Géant : C'est quoi le peuple ? Il n'a qu'à dormir sous les eaux des inondations. On s'en fout du peuple. Les affaires sont les affaires.

Le Troisième Rapporteur: Eh Patron ! Si vous n'avez pas pitié des pauvres, il faut au moins avoir peur de Dieu ?

Le Géant : Dieu qui a créé le monde, a lui-même créé les pauvres. Ce n'est pas à moi d'avoir pitié d'eux. Les pauvres maigrissent et les riches s'engraissent toujours. Hahaha ! Vives les affaires ! Tu as pitié d'un pauvre, qu'est-ce qu'il peut t'apporter ? Rien. Si ce n'est la misère pour te tirer vers le bas. Moi, Le Géant, plus jamais je ne regarderai vers le bas. Que les vaches maigres maigrissent. Hahaha ! À présent, disparais. Je vais aller caresser mes milliards.

(Il caresse la mallette qu'il ouvre soigneusement. Il tombe sur des papiers blancs bien coupés et rangés. Il sursaute et s'écroule évanoui. Son médecin accourt à son chevet. Rien de grave, c'est l'émotion. Au moment où il se réveille, il trouve une mallette remplie de vrais billets de banque en présence du Troisième Rapporteur. Il esquisse un sourire du coin de la bouche)

Le Géant : Pourquoi m'as-tu fait ce sale coup ?

Le Troisième Rapporteur : Patron, c'était une erreur. Je l'ai constatée quand je suis rentré chez moi. Raison pour laquelle je suis revenu sur mes pas en courant.

Le Géant : Ok, Ok. Disparais. Je veux être seul, seul pour savourer mon expansion financière.

Le cérémoniel va reprendre.

Le Géant : Que le quatrième commissionnaire fasse son entrée !

Le Quatrième Rapporteur : Excellence Monsieur Le Géant, je vous remercie et vous exprime toute ma gratitude pour la confiance que vous avez toujours placée en moi. Je sais qu'elle date de notre jeunesse et se fonde sur la collaboration de nos ancêtres, au nom de notre clan, de notre tribu … Bref… De la collaboration de tout et de tout. Vous m'avez confié un projet de deux cent milliards et vous avez prouvé que je suis vraiment très proche de vous. Sur les deux cent milliards, Sa Majesté, j'ai investi la moitié dans l'achat de deux résidences luxueuses en votre nom dans le royaume des princes nés dans l'or noir et dans l'argent. Voici donc les clés et les papiers.

Le Géant : Excellent ! Bon administrateur …

Le Quatrième Rapporteur: Monsieur Le Géant, si vous permettez, je n'ai pas encore terminé mon compte-rendu…

Le Géant : Vas-y, tu as toute la latitude. Chut ! Ça, c'est magnifique ! C'est sublime, ça ! Des coins paradisiaques. C'est vraiment magnifique !

Le Quatrième Rapporteur : Excellence, vous me suivez ? Eh ho ! Monsieur Le Géant, vous me suivez ?

Le Géant : Vas-y, je te suis cinq sur cinq.

Le Quatrième Rapporteur : Je disais tantôt que la moitié de ce financement a servi à l'achat de deux résidences pour vous …

Le Géant : Mais non ! Bon sang ! Qu'est-ce que tu as à revomir les choses déjà dites. Voilà qui veut tout gâcher. Vraiment !

Le Quatrième Rapporteur : Pardonnez Excellence, c'est un … un … un lapsus. Pardonnez.

Le Géant : Lève-toi et termine vite tes âneries. La prochaine fois que tu le répètes, tu seras démis de tes fonctions et tu n'auras rien à gérer malgré tes bonnes actions et ta fidélité. Il faut apprendre à respecter Le Géant qui vous fait vivre, vous, vos femmes, vos enfants, vos maîtresses, vos … Allez, oust !

Le Quatrième Rapporteur : Merci Excellence. Que son Excellence ne s'en offusque guère. Des présents plus alléchants ne sauront tarder. J'ai deux de mes délinquants de fils au pays de l'oncle Sam. J'ai estimé que le quart de ce financement supporterait les frais de leurs études et leur séjour pour les cinq années qu'ils y vivront. Le dernier quart est investi dans l'agriculture maraichère avec l'achat de quelques outils : motopompes, arrosoirs, houes, balaies, râteaux, etc., à distribuer à quelques maraichers.

Le Géant : Va… va… va-t'en.

Le Géant : Toi encore ? Ce n'est pas possible.

Le Quatrième Rapporteur : Mon sac, Excellence, mon sac, Excellence. Pardonnez, j'ai oublié mon sac.

Les autres membres commissionnaires font irruption et ovationnent Le Géant d'avoir réussi à mettre Le Quatrième Rapporteur à sa place, lui qui se prend pour le numéro deux du groupe capitaliste.

Le Géant : Allez-vous-en tous ! Bande de capitalistes voleurs. J'attends Le Cinquième Rapporteur. Qu'il fasse son entrée.

TABLEAU IV

Le Cinquième Rapporteur fait une entrée fracassante dans le bureau du Géant, ovationné de l'extérieur par ses collègues et collaborateurs. À l'extérieur, on entend encore : « Cinquième, dauphin ; cinquième, dauphin ; cinquième, dauphin … À l'intérieur du bureau, Le Géant, debout, dresse ses oreilles afin de mieux saisir les hurlements du groupe. Le Cinquième Rapporteur s'y présente devant lui.

Le Cinquième Rapporteur : Mes hommages, Excellence !

Le Géant : Peux-tu me dire qui est le dauphin? J'ignore qui est mon dauphin parmi vous ?

Le Cinquième Rapporteur : Aucune idée, Monsieur Le Géant. Comment le saurais-je, moi ?

Le Géant : C'est toi qui convoites ma place ? Tu veux mon pouvoir, n'est-ce pas ?

Le Cinquième Rapporteur : Ce n'est pas moi, Monsieur Le Géant. Je le jure sur la tête de mes ancêtres. Vous pouvez le vérifier auprès des collègues.

Le Géant : Sûr ?

Le Cinquième Rapporteur : Certain.

Le Géant appelle Le Quatrième Rapporteur avec qui Le Cinquième a des antécédents. Chacun des deux se dit être le dauphin du Géant et ils se font la guerre pour cela.

Le Géant : Qui est appelé dauphin à travers les bruits qui courent dehors ?

Le Quatrième Rapporteur : Excellence, c'est lui.

Le Géant : Qui, lui ?

Le Quatrième Rapporteur : Le Cinquième Rapporteur.

Le Géant : Et depuis quand ?

Le Quatrième Rapporteur : Je n'en sais rien.

Le Géant : D'ailleurs, ce n'est pas le sujet qui est à l'ordre du jour. Toi, tu peux disposer. Je t'écoute, dauphin. Je t'écoute, mon dauphin. Tu as la parole.

Le Cinquième Rapporteur : Vous m'avez fait confiance dans la gestion du projet de deux cent cinquante milliards de dollars. J'ai investi dans la construction à votre compte de trois stations-services à hauteur de cent cinquante milliards avec la société MEDEB, un autre Géant qui mesure ses investissements et ses affaires. Mes nombreuses maîtresses avaient besoin de logements et de voyages sur la capitale des Gaulois, nos ancêtres, pour leur shopping. J'ai décaissé donc soixante-quinze milliards pour résoudre mes problèmes personnels. Les vingt-cinq milliards sont investis dans le bitumage du tronçon « Ayavo » qui a beaucoup souffert du phénomène d' « affairage ». Monsieur Le Géant, j'en ai fini pour l'instant. Si vous avez besoin de quelques éclaircissements, je suis à votre disposition.

Le Géant : En as-tu terminé, très bien. Tu peux disposer. Merci de te comparer à moi, même avec le shopping de tes femmes et maîtresses.

Au moment où Le Cinquième Rapporteur s'apprête à sortir du bureau du Géant, des coups de feu éclatent à l'extérieur. Des balles sifflent de partout. Des corps inanimés jonchent le jardin et dans certains bureaux. Le Cinquième Rapporteur revient sur ses pas avec un groupe de miliciens armés jusqu'aux dents qu'il avait secrètement formés. Les quatre gardes de corps présents dans le bureau du Géant sont abattus. Le Géant se cache derrière son bureau.

Le Cinquième Rapporteur : Monsieur Le Géant, vous vous rendez ou on vous loge une balle dans le crâne. Vous le voyez, Monsieur Le Géant, j'ai la situation en main. Le temps est venu pour que vous et moi nous nous réglions les comptes. Souvenez-vous de la caisse remplie de billets de banque que vous nous avez injustement arrachés ?

Le Géant : Moi, jamais. Dieu sait que je suis juste. Je ne suis pas de ceux-là qui extorquent indûment de l'argent au peuple.

Le Cinquième Rapporteur : Eléments, réveillez son cerveau qui dort encore.

Le Géant : S'il vous plait, je me suis souvenu. Lâchez-moi. Je vais les lui rembourser. Pardon !

Le Cinquième Rapporteur : Eléments, lâchez-le. Vous allez me les rembourser *right now,* séance tenante. Pas de négociation. Désormais, ton pouvoir et tes maîtresses sont à moi. Tu te rends ou on te tue, tu m'entends ? Dernier avertissement !

Le Géant : Je me rends, s'il vous plaît, ne me tuez pas. J'ai ma femme et mes enfants à la maison, mes milliards en banque. De grâce !

Le Cinquième Rapporteur : Je sais que tu as des caisses remplies de billets ici. Si tu veux avoir la vie sauve, tu les indiques sagement à mes hommes.

Le Géant : Les cinq cartons de rames de papier que vous voyez là, sous la table, sont remplis de billets neufs. Prenez tout et laissez-moi la vie sauve.

Le Cinquième Rapporteur : Et le reste ?

Le Géant : Allez dans les toilettes. Là vous avez une pile de cartons de rames de papier tous aussi remplis de billets neufs.

Le Cinquième Rapporteur : Espèce de dictateur-voleur. Eléments, deux d'entre vous n'ont qu'à s'occuper de lui. Le reste ramène tous ces cartons à la voiture. Chef-milice, compte-moi tous ces cartons avant de les enlever.

Le Géant, menotté aux pieds et aux poignets, fut traîné au sol jusqu'à la porte. Le nouvel homme fort, Le Cinquième Rapporteur, mit en prison Le Géant et tous ceux qui ne lui faisaient pas allégeance. Mais au bout de deux mois, il s'essouffla financièrement. Tous ceux qu'il envoya en prison se liguèrent financièrement avec Le Géant, pour récupérer ses miliciens qui se retournèrent contre lui. Depuis la prison, les détenus politiques apprirent la bonne nouvelle. Le Cinquième Rapporteur a été arrêté et détenu par sa propre milice. Les miliciens libérèrent tous les détenus politiques et ramenèrent Le Géant, en héros, à son poste. Il place un mot à leur endroit.

Le Géant : Chers miliciens, je vous sais infiniment gré d'abord pour cet attachement que vous avez manifesté à l'égard de ma modeste personne et à l'égard de mes codétenus. Je ne reviens pas sur le drame qu'a vécu notre pays et qui s'est soldé par un *happy end*. Ensuite, je voudrais tout simplement au nom de la victoire du peuple et des actes de bravoure de nos cinq miliciens responsables de la milice, les élever au grade de Général assorti de leur nomination à la tête de quelques territoires. Je remercie également le peuple venu massivement m'accueillir depuis la prison jusqu'en ce lieu. Je vous remercie.

Le lendemain de sa reprise de pouvoir, Le Géant ordonna qu'on lui présentât à son bureau. Le Cinquième Rapporteur qui, devant lui, avait de la peine à le regarder dans les yeux.

Le Géant : Monsieur le traitre, vois-tu là où conduit la traitrise et l'ambition ?

Le Cinquième Rapporteur : Monsieur Le Géant, pardon, s'il vous plaît pardon.

Le Géant : Quel pardon ? Tu m'as raté, moi je ne vais pas te rater. C'est comme ça la vie. Monsieur Le Cinquième Rapporteur, tu le vois, j'ai la situation en main. Hahaha ! Chers amis, occupez-vous de lui et de tous ses proches. Rasez tout, je dis bien tout.

Une fête fut organisée en soirée chez Le Géant en vue d'accompagner l'ambitieux Cinquième Rapporteur dans l'au-delà.

TABLEAU V

Le Géant, en monologue sur scène, heureux d'avoir reconquis son pouvoir, s'improvise poète dans des va-et-vient ininterrompus. Il se targue de ses exploits dans divers domaines et exprime sa puissance de résurrection des On-était-déjà-condamnés.

Le Géant :

Je suis de tous les siècles héraut
Je suis le puissant légendaire héros
Le héros qui vainc l'aride stérile misère
Le héraut qui guérit la déserte pauvre galère
Le héros qui maudit la malheureuse disette amère
Le héros qui inhume les indésirables soucis sévères
Le héraut qui enchante inattendument les cœurs
Les cœurs qui célèbrent éperdument en chœur
Le bonheur solennel pourvoyeur de chaleur

Je donne la vie aux malheurs immondes ombres
Sacrifices meurtres assassinats vilains macabres
Festoyer dans un monde de perversité hilare gage
D'un sphinx monstre épris de gloire obscure mage

Je suis le héros traversant des siècles sans fin
L'infatigable héraut sage fanfaron des saints
Qui prêchent la gloire d'un royaume sans faim
A tout blanchir sans tâches indélébiles parfums

Je suis le héros traversant des siècles fielleux sans fin
Qui accouche de maudits dealers et mafieux filous feints
Qui tuent et s'entretuent dans un monstre désastre fin écrin
Moissonnant des âmes fragiles et impies devant l'astre peint
Des siècles et parjure d'un monde lâchement hideux épreint
Monstrueux aveuglé par le prince vigilent et heureux pantin
Héritier de l'Ange de Lumière prince de hères obscurs sapins
Étincelantes engloutissantes fascinantes vertèbres fantassins

Hahaha ! Hahaha ! Le savez-vous ? Certainement pas. Je suis le roi de la jungle. Mes disciples, oisifs, se jettent impitoyablement sur les misérables qui ne croient pas à la fameuse réflexion du philosophe anglais avisé Thomas Hobbes : « L'homme est un loup pour l'homme ».

Hahaha ! Hahaha ! Le savez-vous ? Certainement pas. Les oisifs érigent de grandes bâtisses et les laborieux végètent dans la misère. Je voulais vous faire une confidence. (*Il s'adresse aux spectateurs en aparté. Que cela reste entre nous. Je peux compter sur vous n'est-ce pas ? Le public réagit à l'affirmatif*). Il commence sa confidence en slam accompagné d'une musique.

Le savez-vous ? Certainement pas. Les oisifs érigent de grandes bâtisses et les laborieux végètent dans la misère.

Déserts oasis de moi faire maître de leur nouveau look pervers
Étrangement émergeante de mes entrailles clinquantes envers
Dealers trafiquants aurifères et mitraille en rossignols biliaires
Permanents coulés à hauts risques dans des sociétés austères
Sans risques tenues par le secret du silence de mort abeillière

De nouveaux plants sauvagement virils de nulle part surgissent
De nouveaux vigiles géants énergiques ventripotents gémissent
En blocs de béton en blocs-vitrés grandiosement ils garantissent
Mes offices splendidement exécutés sans peine futile écrevisse

Et qui dit capital malfrat ingénieux sale ?
Aveugles ignorants de ma puissance pâle
Qui réduit à néant les misérables passions
Témoignez-vous de la mort de vos Nations
Sans vie asphyxiées à coups de dévaluation
De surexploitation, de surendettantes actions
Des monstres à ne jamais les inoculer l'onction
De cette puissance qui certainement à la cheville
Du maître les ramènerait avec forces qui vrillent

Et qui dit capital malfrat sale?
Le travail ne paraît pas un vice
Mais il libère les vies des vices

C'est l'un de mes agents de la CIA qui m'a confié cette confidence pour vous. Soyez-en rassurés. Cependant, ne soyez pas surpris de la découvrir sur les réseaux sociaux suivie de commentaires de mes fans. Merci à vous.

Première voix de la foule : Monsieur Le Géant, infiniment merci pour ces révélations.

Deuxième voix de la foule : Monsieur Le Géant, c'est bien toutes ces révélations. Mais, moi aussi je veux planter quelque chose sur cette terre avant de partir. S'il te plaît, montre-moi le chemin qui conduit à ton domicile. Mes frères et sœurs, vous qui m'écoutez, ne souhaitez-vous pas que Le Géant vienne loger chez vous ?

Tous les spectateurs de la salle : Nous le voulons !

TABLEAU VI

Le Géant revient sur scène dans le cercle et, à son bureau, supervise la réunion du G10 représenté par cinq porte-paroles chargés de présenter leur apport financier dans le système de gouvernance du Géant. Chacun tente de mettre de l'ordre dans ses papiers. Ils sont gestionnaires d'institutions publiques, parapubliques, privées et d'organismes internationaux (onusiens et africains). Ils forment le G10 par affinité et surtout par les affaires qui génèrent des intérêts pour Le Géant et ses proches. Ils prennent la parole pour présenter les acquis qu'ils préservent au nom du Géant dans les sociétés qu'ils gèrent.

Le Porte-parole des institutions territoriales : Excellence Monsieur Le Géant, mesdames et messieurs, chers collègues, membres du club des privilégiés, je prends la parole au nom de tous ces services qui sont la propriété privée des territoires que nous gérons. Vous n'êtes pas sans savoir que pour que les territoires fonctionnent il faut un Géant puissant. Nous gérons ce Géant qui fait respirer tous les territoires. En ce sens, nous avons élaboré un budget de mille cinq cents milliards de dollars américains (*Le porte-parole des institutions territoriales est ovationné, des ovations nourries*).

Le Géant : Vous allez vous taire vous ? Vas-y Monsieur le porte-parole ! Ces assoiffés de capital, aiguisez vos esprits et vos poches ! Vos calculs se butteront à une montagne. Continuez, Monsieur !

Le Porte-parole des institutions territoriales : La clé de répartition se fait comme suit : deux cents milliards aux territoires des armes, deux cents milliards aux territoires hydrauliques, halieutiques et terriens, deux cents milliards aux territoires du savoir cogiter, deux cents milliards au territoire des voyageurs, deux cents milliards aux aménagements de la terre, trois cents milliards pour les besoins personnels du Géant.

Le Géant : Hahaha ! Hahaha ! Excusez-moi, chers collaborateurs, il fallait que je savoure la bonne nouvelle. Monsieur le porte-parole, continuez.

Le Porte-parole des institutions territoriales : Merci Excellence. Il ne me reste que le dernier point, il s'agit des deux cents milliards que j'ai réservés pour mon territoire, mais sur les deux cents milliards, cent sont privatisés.

Les autres porte-paroles du G10 : Hooo !

Le Porte-parole des institutions territoriales : Cela vous étonne-t-il ? Quel mal y a-t-il à bien se servir après avoir servi les autres ?

Les autres porte-paroles du G10 : Aucun tɔɔɔ ! Sinon c'est Le Géant Mondial qui l'exige ainsi.

Le Géant : Espèce de malheureux otages du Géant Mondial. Vous n'êtes pas condamnés à me suivre ni à respecter mes ordres, mais si vous voulez vivre heureux, excusez-moi, malheureux, alors prêtez-moi oreille et vous ne vous assouvirez jamais.

Les autres porte-paroles du G10 : C'est vrai, mais cela ne signifie pas qu'il faille s'en désintéresser.

Le Géant : C'est à vous de voir. En tout cas, Monsieur le porte-parole, félicitations, vous avez effectué un bon boulot. L'année prochaine à pareil moment, vous aurez un territoire plus juteux encore.

Le porte-parole des institutions territoriales : Voici le sésame, un chèque de trois cents milliards.

Le Géant : Monsieur le porte-parole inintelligent, voici ce que je fais de ton chèque ; je le mets en morceaux. Tu n'avais qu'à réfléchir et trouver la bonne stratégie.

Les autres porte-paroles du G10 : Hé ! Qu'est-ce que nous voyons ? C'est bizarre non ? Là, nous ne comprenons plus rien du tout.

Une première voix : Monsieur Le Géant, vous auriez dû me rétrocéder ce chèque.

Une deuxième voix : C'est plutôt à moi qu'il aurait dû le rétrocéder.

Le Géant : Taisez-vous, oui. Vous monsieur le porte-parole, approchez. On ne donne pas de chèque au Géant. C'est la liquidité, sans traces. C'est pigé ?

Le Porte-parole des institutions territoriales : Bien reçu Excellence. Excusez-moi. Ça ne se reproduira plus, comptez sur nous.

Le Géant : Le porte-parole des institutions para-territoriales est invité à prendre la parole.

Le Porte-parole des institutions para-territoriales : Excellence, Monsieur Le Géant, chers collègues, notre devoir est toujours de servir, de bien servir notre territoire, c'est-à-dire nos administrés, de bien servir Le Géant, de préserver ses acquis. C'est pour cela que nous spolions nos clients de tout temps à travers les voies de bavardages minima ou maxima. Aussi sommes-nous des territoires les plus productifs et les plus actifs aux côtés du Géant : trois cents milliards pour les besoins du territoire, huit cent milliards comme acquis du Géant…

Le Géant : J'en sais quelque chose. Continuez, Monsieur !

Le Porte-parole des institutions para-territoriales : ...et trois cent milliards pour les besoins de mon territoire et de moi-même.

Le Géant : Tu vas arrêter, oui. J'en ai assez du superflu. La parole est au porte-parole des institutions personnelles.

Le Porte-parole des institutions personnelles : Monsieur Le Géant, vous n'êtes pas sans savoir que c'est grâce à vous que nos poumons s'approvisionnent en oxygène. Pour cette raison nous vous sommes redevables. Nous sommes conscients que si vous coupez l'oxygène, nous sommes morts. Ainsi, pour éviter la rupture de notre vie, nous alimentons votre monde selon ses besoins voire au-delà. Monsieur Le Géant, point n'est besoin de vous faire une livraison détaillée de nos contributions et de vos acquis.

Le Géant : Voilà qui est sage et qui a parlé sagement. T'inquiète. Tant que je respire, vous respirerez aussi. Suivant !

Le Porte-parole des institutions de la bête mondiale : Monsieur Le Géant, vous savez comment la bataille est souvent rangée dans ces institutions. Les faibles n'ont pas accès à certains postes parce que leur contribution est faible ou inexistante. Quelquefois, c'est frustrant que des attributions se fassent non pas sur compétences, mais sur des intérêts qu'a à gagner le grand contributeur. Et la part du gâteau se partage entre Les Géants. L'accès à ces institutions se fait par parrainage, par cooptation ou par héritage. Et vous le savez bien. Ce qui se passe dans ces institutions n'est plus un secret pour personne. Mon collègue des organismes de la bête noire vous dira la même chose à quelque différence près. Mais, rassurez-vous, nous sommes là pour vous mettre à contribution dans la spoliation des territoires. Nous vous ferons des prêts exorbitants pour financer vos projets, projets gagnant-gagnant, vous gagnez, nous gagnons sur le dos de vos administrés.

Une voix : Anhan ! Voilà ce qui se passe. Le peuple se réjouit souvent que sa situation va s'améliorer avec ces endettements, et il ne voit pas grand-chose arriver. Quel dommage !

Le Géant : C'est bon, c'est bon. Tu n'es pas ici pour livrer le secret. Un secret de Polichinelle. Pardon, arrêtez. Arrachez-lui le micro. La parole est au dernier porte parole.

Le Porte-parole des organismes de la bête noire : Monsieur Le Géant, mon prédécesseur a dit l'essentiel, mais j'ajouterai que nous sommes des corrompus et négociateurs des coulisses, Des-pas-tout-à-fait-propres. Ne suis-je pas suffisamment propre en apparence. Super n'est-ce pas ? Mais ne nous enviez pas ! L'extérieur, excellent, mais l'intérieur, *kuion* ! Impossible de respirer : des pourritures de corruption, des pourritures de favoritisme, des pourritures de trafic d'influence, des pourritures, rien que des pourritures.

Le Géant : (*Tellement, perturbé par ces révélations*). Mais, Mon… … Mon … si… eur !

Le Porte-parole des organismes de la bête noire : Mesdames et Messieurs j'ai à cœur de soulever une particularité de nos organismes qu'est la solidarité des responsables des territoires : solidarité dans le mal, solidarité dans le bien, solidarité dans le vomissement des mensonges. Que ce soit le mal ou le bien, c'est la solidarité. Solidarité et partage de postes juteux sans concours ni audition. Un simple coup de fil suffit largement. Tout responsable de territoire veut placer son frère, sa femme, sa maîtresse, à défaut d'un enfant, sans compétence. Monsieur Le Géant, vous ne voyez pas que ça donne de la migraine ? Réfléchissez-en et vous nous direz s'il est bienséant qu'une République fonctionne ainsi.

Le Géant : Ah ! Monsieur l'audacieux, pour vous avoir accordé la parole, vous osez m'interpeller, n'est-ce pas ? D'ailleurs la séance est levée.

Première voix : Monsieur Le Géant, vous êtes interpellé. Que dites-vous au sujet de ces injustices révélées ?

Deuxième voix : Monsieur Le Géant, dites-nous quelque chose !

Le Géant : Vous aurez les mêmes privilèges que vous agirez de la même façon voire pire. La séance est levée dis-je. Bande de pleurnichards. (*Il se lève. Ses collaborateurs attendent qu'il quitte la scène. Pendant ce temps, les commentaires vont bon train au sujet des révélations du porte-parole des organismes de la bête noire*).

TABLEAU VII

À la réunion du G35 (composé du G15 et du G20), Le Géant est un observateur privilégié. La réunion est présidée par Le plus-proche-des-cinq-proches du Géant. Face aux autres collaborateurs, la parole est donnée à quatre porte-paroles du G35…

.

Le-plus-proche-des-proches : Mesdames et messieurs, l'honneur nous est échu ce matin, avec la permission de Son Excellence Monsieur Le Géant, de présider cette réunion de restitution du G35. Nous vous souhaitons donc une cordiale bienvenue et plein succès à cette rencontre. Merci de votre aimable attention. La parole est donc donnée au G35$_A$.

Le porte-parole du G35$_A$: Monsieur Le-plus-proche-des-proches, messieurs les membres du G5, messieurs les porte-paroles du G10, chers collègues, je prends la parole au nom de notre groupe, le groupe fraternel, pour présenter notre expansion mondiale et notre propension à dominer le monde et à recruter les membres par quelques moyens que ce soit : subtilité, pression, faveurs fraternelles, etc. Nous sommes un groupe syncrétique et fraternel qui œuvre pour la protection des acquis fraternels.

Des voix : Félicitations à vous, Frères ! Nous sommes fiers de vous. Vive la fraternité !

Le porte-parole du G35$_A$: Nous faisons et défaisons les rois ; nous pourvoyons aux grandes boîtes honorifiques, au succès à diverses compétitions internationales avec une grande prévalence du mentorat et du principe de la règle du métayer érigée en système.

Des voix : C'est quel groupe ça ! Donc tout est business quoi ? Eh Dieu !

Le porte-parole du G35$_A$: Le monde du showbiz, de la petite boule en cuir et celui des multinationales nous font allégeance. Nous collaborons avec les nôtres ou ceux qui se laissent coopter. Les non-initiés ne sont pas à protéger; ils sont à écarter des voies de collaboration et de succès.

Une voix : C'est injuste ! C'est vraiment injuste et triste que ce monde vive non pas au rythme des compétences, mais à celui des relations de réseaux sectaires. Allez au diable avec votre sectarisme. Allez au diable !

Le porte-parole du G35$_A$: Désolé ! Mesdames et messieurs, c'est à prendre ou à laisser. Nous contrôlons tous les territoires, nous y régnons en maîtres. Nous recrutons chaque année des millions de jeunes en quête de promotion. Nous contribuons énormément à la consolidation du royaume du Géant capitaliste : l'octroi des marchés publics, des arrangements fraternels, rien ne nous échappe. Monsieur Le-plus-proche-des-proches, c'est sur ces notes que « meurt » ma parole, car à force d'avoir la diarrhée verbale, on risque de vomir des secrets qui ne seront plus secrets. Le Géant lui-même sait ce que notre groupe représente pour lui. Je vous remercie.

Les autres groupes : Ceux-là, pour qui se prennent-ils? Ils ne sont pas les seuls importants aux yeux du Géant. Nous tous nous sommes importants, non.

Le-plus-proche-des-proches : Chers amis, calmez-vous. Seul le Géant apprécie le soutien des uns et des autres. Merci, mon cher Frère d'avoir agrandi une fois de plus notre assemblée et merci d'être la pierre angulaire du monde. La parole est au G35$_B$.

Le porte-parole du G35$_B$: Monsieur Le-plus-proche-des-proches, notre groupe est composé de grands affabulateurs et nous sommes fiers de l'être, car il n'est pas donné à tout le monde d'être affabulateur, d'être délateur. Autour du Géant, notre groupe en a fait un métier. Nous tuons nos collègues vivants. Comme Le Géant aime toujours écouter les mensonges selon les démangeaisons de ses oreilles, nous en fabriquons selon ses démangeaisons. Et il n'aime écouter que ceux qui lui racontent des affabulations.

Des voix : Quel monde horrible !

Le-plus-proche-des-proches : Monsieur le porte-parole du G35$_B$, vous avez toujours la parole.

Le porte-parole du G35$_B$: Monsieur Le-plus-proche-des-proches, c'est par l'assassinat d'un DG que moi j'ai connu la promotion. Je voulais être le seul en vue et le seul à bénéficier des grâces du Géant sur notre territoire. Or le DG me faisait ombrage. C'est ainsi que je fabriquai de gros mensonges à son sujet en décryptant certains de ses actes qui le renvoyaient à ses origines de l'homme d'en face. Le Géant s'altéra de mes affabulations et enferma le DG dans l'un de ses tiroirs sans chercher à avoir la version des faits de ce dernier. Le DG fut simplement démis de ses fonctions comme un malpropre. Je plastronne désormais seul sur notre territoire et jubile du succès de mon coup.

Des voix : Oh ! Mon Dieu ! C'est affreux !

Le porte-parole du G35$_B$: Monsieur Le-plus-proche-des proches, c'est de cette manière que nous soutenons Le Géant en lui cachant les réalités que vit le peuple.

Nous sommes les plus importants et les mieux appréciés par Le Géant, parce que nous lui racontons ce que ses oreilles veulent entendre, nous lui permettons de vivre tranquille en lui caressant dans le sens des poils.

Le-plus-proche-des-proches : Et êtes-vous certains que vous irez loin avec cette pratique ?

Le porte-parole du G35ₑ : Mon frère, tu connais mieux le système que moi. C'est ça qui paie cash, quitte à tomber en disgrâce si on venait à découvrir vos manigances. C'est comme ça que fonctionne le système. Des gens sont devenus tellement menteurs à tel point que dire la vérité devient difficile à cerner comme l'ondulation du roi de la basse-cour, car, prétendent-ils, l'honnêteté ne paie plus.

Des voix : Hooo ! Quel dommage ! C'est triste que votre monde soit aussi pourri que les pets d'un cadavre.

Le porte-parole du G35ₑ : En tout cas, c'est comme ça looo ! Si tu ne rentres pas dans la danse, c'est la danse qui t'embarque sur son navire. Et tu n'auras que tes yeux pour pleurer. Ce n'est pas fini. Nous avons dans notre groupe des affabulateurs hors-pair qui, dans leur soutane d'affabulateurs-corrompus des palmes académiques, érigent l'affabulation en justice. Ils dépouillent les esprits faibles, rendent justice aux injustes corrupteurs.

Des voix : Tcho tcho tcho ! C'est inhumain et dégueulasse tout ça là. Nous aurions préféré entendre des choses agréables. Monsieur Le-plus-proches-des-proches, nous en avons assez entendu, qu'il aille au diable avec ses élucubrations à lui. Menteurs, à bas ! Affabulateurs, à bas ! Assassins, à bas ! Qu'il s'en aille, c'est eux qui tuent les autres. (*Elles tentent d'envahir la scène ; et Le-plus-proche-des-proches évacue le porte-parole du G35ₑ de la scène. À la reprise, la parole est au porte-parole du G35c*).

Le-plus-proches-de- proches : La parole est maintenant au porte-parole du G35c. À vous la parole, monsieur.

Le porte-parole du G35c : Monsieur Le-plus-proche-des-proches, mesdames et messieurs, notre groupe est celui des ambitieux. Il n'est pas interdit d'être ambitieux, mais notre ambition à nous dépasse les bornes. Tchééé ! Hummm ! Hé ! Non. Mes amis savez-vous qu'à cause de l'ambition, je suis allé livrer mon

Sujet de plaisir cadeau. Monsieur Le Géant, prenez-le cadeau ! Faites-en ce que vous voulez ! Je vais même devenir votre gardien de circonstance.

Le-plus-proches-des-proches : Chuananan ! Regarde-moi des pourritures comme ça là. Toi-même là, tu n'as pas honte de donner ce témoignage. Oh, garçon ! Garçon ne connait pas honte dèh ! Dépêche-toi pour finir et disparaître de la scène avec ta honte que tu as versé waaa devant tout le monde.

Le porte-parole du G35ₒ : Hééé! Je vous jure. Ambition là, c'est mauvais dèh. Kakaka! C'est amer! Mais je vais vous dire entre nous. (*Il se tourne vers le public et lui parle à voix basse*). J'ai eu ce que je voulais, mais la honte avait gonflé mes joues, rempli ma maison, mon foyer, mon service, et même ma tombe sera envahie de cette honte ; elle a refusé de me lâcher. Il ne faut jamais conseiller cela à quelqu'un, même à son pire ennemi. Notre groupe est le mieux apprécié par Le Géant parce qu'il a à sa disposition des idiots capables du pire des bêtises humaines, de vrais « bêtisards » et lèche-cul.

Des voix : En voilà un autre. Assassin, idiot ! Assassin, idiot !

Le-plus-proche-des-proches : Hahaha ! Ce monsieur est plus qu'un idiot. Depuis quand et où as-tu appris qu'on sacrifie sa douceur en holocauste pour ses ambitions ? Les portes de l'enfer te sont grandement ouvertes. Idiot, monstre hideux ! Disparais de notre vue. *Moov there*. Chuan ! Vite, oui. Le porte-parole du G35ᴅ a la parole.

Le porte-parole du G35ᴅ : Monsieur Le-plus-proche-des-proches, mesdames et messieurs, notre groupe est celui des traitres, des vendus et des achetés. Nous nous sommes pendant longtemps battus pour accéder à la mangeoire et manger un peu avant de retourner à la terre. Nous avons envoyé des mercenaires avec des tirs aux kalachnikovs et aux mitraillettes. Nous avons envoyé des terroristes avec des obus. On dirait que les dieux de nos aïeux étaient contre nous. Nous avons remué ciel et terre en secouant nos poches qui avaient fini par tarir.

Une voix : Oh Dieu ! Quel malheur ! Quelle misère !

Le porte-parole du G35ᴅ : (*Il reprend sa place*). C'était vraiment une misère, une calamité. Les dieux de nos ancêtres dormaient ou peut-être avaient-ils voyagé. Mais nos administrés, eux, étaient éveillés.

Des voix : Rien ne fit.

Le porte-parole du G35ᴅ : De quoi je me mêle ! Avec vos groins de cochons-là ! Est-ce votre histoire ? Nous décidâmes d'aller dans le bon sens, celui dans lequel se trouvait la mangeoire. Nos administrés déçus, nous ont lâchés, mais la mangeoire, elle, nous a souri. (*Il tourne dos aux autres groupes et fait face à une grosse marmite en terre cuite remplie de manger entre ses jambes. Il rit*).

Des voix : Honte à toi, traitre ventripotent !

Le porte-parole du G35ᴅ : Hahaha ! Il ne faut jamais être stupide deux fois. Si nous n'avons pas la papauté, il faut au moins être cardinal. Ce faisant, nous avons œuvré au maintien de la paix et apporté notre pierre à la réconciliation. À cet effet, Le Géant apprécie exceptionnellement notre groupe parce que nous avons fait balle à terre dans l'intérêt du peuple, rien que pour l'intérêt du peuple. En tout cas c'est notre avis hein !

Une voix : Il parait qu'il y a les achetés par le ventre et les achetés par les urines interposées.

Le porte-parole du G35ᴅ : Hééé ! Ce n'est pas moi qui le dis looo ! Faut pas prendre ma bouche pour manger piment dèh ! En tout cas, moi je parle de notre groupe. Ceux-là aussi n'ont qu'à venir parler d'eux-mêmes. Ma bouche-là, il faut que je la scelle. Je la connais sinon elle va tout déballer ici. (*Il trouve dans l'une de ses poches une ficelle qu'il utilise pour ligoter sa bouche et la museler. Il tente de parler, mais n'arrive pas, puis quitte la scène sous les ovations de tous*).

Le-plus-proche-des-proches : Vraiment ! On aurait tout entendu à cette séance. (*Au moment où il achève sa phrase, un remue-ménage s'observe autour du Géant qui s'est affalé tout seul suite à des gestes démentiels. Les-plus-proches-des-proches accourent et le font quitter la scène*).

Le-plus-proche-des-proches : Mesdames et messieurs, la séance est suspendue pour quinze minutes. Merci à vous. A tout de suite.

TABLEAU VIII

A la pause, une musique classique et douce s'est faite complice du vide de la salle de réunion. Un DJ installé dans la salle de sonorisation située en face du bureau du Géant, s'offrait le plaisir d'occuper ce laps de temps mort. Le morceau « Le piment dans la sauce » de la camerounaise Reniss est diffusé dans la salle de réunion. La voix suave de la chanteuse fait écho à l'infirmerie où Le Géant est sous soins intensifs et semble le réveiller. Il bouge légèrement sa hanche. Dans la salle de réunion, tout le monde reprend sa place et Le-plus-proche-des-proches annonce la reprise de la séance. Sont à l'honneur à cette séance : La porte-parole du $G35_E$, Le porte-parole du $G35_F$ et Le porte-parole du $G35_G$.

Le-plus-proche-des-proches : La parole est à la porte-parole du G35ₑ, celui des exploitantes du "terrain de grand-mère".

La porte-parole du G35ₑ : (*Elle se lève esquisse des pas de danse et fredonne le morceau de Reniss à sa manière*). Les hommes aiment les femmes à cause de leur sauce. Je le mets dans la sauce et je tourne la sauce. Je le mets dans la sauce, lui tourne la tête. Je tourne ma hanche, je lui tourne la tête.

Le Géant : (*Il apparaît sur la scène très en forme à la grande surprise de ses collaborateurs. Il se met à chanter sa chanson à lui, Coller la petite du Camerounais Franko*). Coller, coller, coller, coller, coller la Grande. Coller, coller, coller, coller, coller la Grande (*Il tourne autour de la Porte-parole du G35ₑ sans la coller. Ses collaborateurs l'ovationnent chaleureusement. Il accélère les mouvements de danse*).

Le-plus-proche-des-proches : Excellence, vous risquez de faire une rechute. Il vaut mieux de vous retirer.

Une voix : Qu'est-ce qui le prend, ce monsieur ? Incapable de se contrôler. Nous sommes tous obsédés par la chair d'en face, mais c'est indigne d'exposer ses ardeurs devant un grand public. Le malheureux Géant ! Ce qui est sûr, même dans sa tombe, la voix d'une femme le ressuscitera.

Le Géant : Merci, merci chers collaborateurs. Je vous aime, mais j'adore la femme. Elle est aussi bien mon médecin généraliste que mon ensorcelante misère. Les femmes je vous adore.

La porte-parole du G35ₑ : Nous vous aimons aussi, les hommes. Notre groupe est celui des vendues par le bas, de celles récupérées au nom de la réconciliation, de celles qui se sont vendues au nom des privilèges, de celles qui souffrent au nom des privilèges. Notre commission est le "terrain de grand-mère", notre sauce dans laquelle nous mettons et tournons Les Géants, Les plus proches des Géants et Les-proches-des-proches des Géants. Oh là là là! Les hommes ! Ils sont devenus nos piments. Mais attention ! Quelquefois le piment brûle aussi, Aaï.
Des voix : Ah oui ! Madame, dites-nous tout !
Le-plus-proche-des-proches : Monsieur le DJ, arrêter la musique.

La porte-parole du G35ₑ : Ah oui, il brûle sérieusement et là on n'a plus envie ni de le croquer ni de le manger. Seul le "le terrain de grand-mère" nous rend service, rend service aux hommes que nous domptons, que nous domestiquons. Nous sommes des femmes d'affaires en pleine expansion et en pleine ascension. C'est pour cette raison que Le Géant nous adore. Nous le tournons dans notre sauce et nous lui tournons beaucoup d'affaires. Nous avons les rênes des affaires claires, sombres, rouges, noires ; des affaires immenses, des affaires congrues, etc. Nous savons faire fructifier les œuvres du Géant plus que les hommes. Que les hommes disent Amen !

Une voix : Ah non ! Que votre Amen aille au diable. Je ne le dirai jamais.

La porte-parole du G35ₑ : De toutes les façons tu le diras le moment venu et à quatre pattes. J'ai reconnu ta voix.

La voix : Oh pardon. Je préfère le dire en même temps pour qu'il n'y ait pas embargo. Pardon looo ! Pardon. Pardonnez madame !

La porte-parole du G35ₑ : Tu as intérêt. Disparais de ma vue, espèce de lâche. Je vous remercie.

Le-plus-proche-des-proches : Les femmes ! Qui ne craint pas la femme ne craint pas Dieu. Sans commentaire, la parole revient au porte-parole du G35𝖥, celui des parvenus.

Le porte-parole du G35𝖥 : Mesdames et messieurs, nous sommes ceux-là qui sont péjorativement désignés de parvenus, de nouveaux riches sans sueur ni douleur. Je pense à l'écrivain français Pierre Carlet de Chamblain de Marivaux du XVIIIᵉ siècle et à son œuvre *Le paysan parvenu*. Mesdames et messieurs, les parvenus ont toujours existé et ceci n'est un secret pour personne. Nous sommes issus de conditions modestes, mais notre loyauté et notre probité à l'égard de nos Géants, maîtres et patronnes font de nous des riches ou des parvenus pour certains. Pour devenir un parvenu, il faut être fidèle, renoncer à sa personnalité.

Le-plus-proche-des-proches : Allez-y, monsieur. Nous sommes tout ouïe.

Le porte-parole du G35𝖥 : Nous sommes les caisses-secrets de ceux-là qui nous ont fait confiance, de ceux-là qui ont fait de nous des hommes dans la société. Nous sommes liés à eux par des secrets que nous emporterons dans notre dernière demeure : des secrets publics, des secrets privés, des secrets obscurs, des secrets lumineux, des secrets et des secrets. C'est cela la force des parvenus qui contribuent à leur manière à la quiétude des Géants, des proches et des plus proches.

Des voix : Dis donc ! C'est extraordinaire, ça ! Drôles de serviteurs.

Le porte-parole du G35_F : Les services de notre groupe sont très prisés de nos Géants. Le Géant ici présent peut en témoigner. Nous faisons des rois spirituels et sociaux qui, en retour, font de nous des rois richissimes sortis de nulle part, des parvenus. Nous sommes des corrompus-pas-tout-à-fait-sales qui prennent goût du géantisme et deviennent des escrocs-pas-tout-à-fait-nobles. Nos milliards se comptent aussi bien par corruption que par escroquerie. Mesdames et messieurs, voici nos milliards (*Il vide ses poches de leur contenu. Rien que des déchets de tissus coupés. Il se met à rire, à rire à haute voix.*) Hahaha !

Les autres : Hahaha ! Hahaha !

Des voix : Anhan ! Il se passe des choses dans ce monde. Des gens sont tenus par des secrets voire des pactes de sang, de chair, d'excréments, etc. Parvenus, à bas ! Escrocs, à bas ! Corrompus, à bas !

Le-plus-proche-des-proches : De toutes les façons, chacun fait son petit business. Avançons. La parole revient, pour clore cette séance, au porte-parole du groupe G35_G, celui des voyants et des agents fournisseurs d'informations.

Le porte-parole du G35_G : Mesdames et messieurs, notre groupe est très solide physiquement et fort spirituellement. Nous avons, ici présent, un devin qui peut vous faire la démonstration séance tenante. Monsieur le devin, à vous la prestation.

L'homme devin : Je vois chacun de vous transparent, oui transparent, comme de l'eau limpide et claire ; je lis les projets, les magouilles, les combines des uns et des autres contre les Géants, les proches et les proches des proches *gbrrrrrrrr* ! Je vois aussi les dangers que vous en courez. Vous, Quatrième Rapporteur du G5, vous convoitez le fauteuil du Géant. Votre concurrent vient de mourir il y a quelques jours. Si vous ne renoncez pas à votre ambition, un malheur vous attend à l'ombre. Vous convoitez aussi l'une des maîtresses de votre patron. Ah ! Je ne vous dis pas qu'il est déjà au courant, mais votre robe est en train d'être cousue au laboratoire et ne saura tarder à vous être livrée.

Le porte-parole du G35G : Hé ! Hé ! Monsieur le devin, nous ne sommes pas là pour une séance de divination. Arrête donc ce travail et laisse-moi continuer.

L'homme devin : Monsieur le porte-parole, l'envie ne me prend pas de me tourner vers toi, toutefois, si tu le désires, les esprits sont prêts à égrener ton chapelet.

Le porte-parole du G35G : Combien de fois vais-je te dire que nous ne sommes pas à une séance de divination ? Veux-tu bien regagner ta place ou….

L'homme devin : Ou quoi ? Tu me menaces ?

Le porte-parole du G35G : Non ! Pas du tout. Tu sais qu'entre toi et moi, l'eau ne coule pas du tout.

L'homme devin : C'est mieux ainsi pour toi.

Le porte-parole du G35G : Et pour nous tous. Mesdames et messieurs, excusez-nous pour cette séquence inopinée qui s'est invitée à notre table. Notre groupe, disais-je, est un groupe puissant. Vous venez de voir une petite démonstration. Mais au-delà du spirituel, nous contrôlons et gérons les relations communicationnelles et opérationnelles. Nous maîtrisons tous les réseaux et savons, à la minute près, qui combine avec qui, qui couche avec qui, qui respire avec qui, qui mange avec qui, etc. Bref, le monde est devenu pour nous un gros village, un village que nous vivons en direct sur le lecteur visionneur de nos radars.

Des voix : Han ! Donc nous sommes surveillés ?

Une Voix : Ah oui ! Nous le sommes vraiment.

Des voix : Au nom de quoi notre liberté et notre vie privée ne sont-elles pas respectées ?

Le porte-parole du G35G : Au nom de votre sécurité, de la nôtre et de celle de nous tous. Nous sommes vos sentinelles, vos vigiles, de puissants guerriers qui combattent jour et nuit derrière le rideau, ces techniciens en criminologie, en combinologie, en mensongologie, en mafiosologie, etc. Nous sommes les vrais poumons des Géants et Dieu merci, ils nous en savent gré. Monsieur Le-plus-proche-des-proches, mesdames et messieurs, c'est pourquoi nous sommes toujours honorés et élevés au grade de chevalier de l'Ordre du mérite.

L'homme devin : (*Il s'approche de lui et lui susurre à l'oreille*) C'est une décoration et non un grade.

Le porte-parole du G35G : Mesdames et messieurs, excusez-moi pour le lapsus. J'ai voulu dire nous avons été honorés en décoration, non, nous avons été décorés chevalier de l'ordre du mérite. C'est bien ça ? Je vous remercie.

Les porte-paroles des autres groupes : Pour qui se prennent-ils ces gens-là ? Et nous qui ne sommes pas décorés, est-ce à dire que nous ne sommes rien aux yeux du Géant ? Allez-vous faire voir !

Le-plus-proche-de-proches : Mesdames et messieurs, calmez-vous, s'il vous plaît. Ainsi prend fin cette séance de restitution du G35. Nous remercions Le Géant qui a tenu à honorer cette séance de sa présence remarquable. (*Le Géant assoupi, est en train de ronfler : hon hou, hon, hou, hon, hou, touf. Son garde-du-corps dissimule un geste de coup de pied sous la table et le réveille. Il murmure à son oreille. Obnubilé par le sommeil, il ne se retrouve pas.*)

Le Géant : Hé ! On est où là ? (*Il se met debout et se débarbouille de sa main droite sèche*).

Le-plus-proche-des-proches : La séance est levée.

Le Géant : Attendez, un instant. Je vous ai suivi de bout en bout. Aucun groupe ne s'est déprécié n'est-ce pas ? D'accord. Je voudrais dire à tous que j'apprécie tous les groupes au même titre et je les déprécie au même titre. Les résultats de vos services sont le fruit de mes investissements, sachez-le pour de bon. Au revoir !

Tous les porte-paroles des groupes se retirent, dans un silence de cimetière, déçus par les propos du Géant, le laissant sur scène, somnambulique.

TABLEAU IX

Le Géant somnambulique peine à retrouver sa lucidité. Il se frotte vigoureusement le visage sans réussir à chasser le sommeil. Deux Super-Géants-planétaires font irruption sur scène. Ils font des rondes autour de lui, le touchent, le palpent par endroits. Il semble revenir en lui, les repousse et feint de ne pas les reconnaître.

Le Géant : Eloignez-vous de moi. Vous n'êtes que des cupides sans cœur. Je vous déteste, vous et votre cupidité inhumaine. Je croyais vous faire du bien en soufflant en vous mon esprit, mais apparemment je vous ai fait du tort et particulièrement au monde entier de qui vous vous moquez.

Corocina : Pardonnez, Excellence. Vous-même vous savez que j'étais communiste et je suis toujours communiste dans la tête et de par mes institutions, mais le capitalisme de mon ami Cororique m'a dompté. Je ne pouvais pas être indifférent à ce capitalisme qui a fait de moi le Géant planétaire venu de très loin.

Cororique : Monsieur Le Géant, Corocina est un faux, un tricheur, un photocopieur des autres, un usurpateur. Il a profité de l'effondrement de l'Ours pour se tailler une place planétaire. Il fait semblant de vous être fidèle, mais en réalité, il est toujours accroc de ses origines.

Le Géant : Taisez-vous tous deux et éloignez-vous de moi, pauvres cupides qui veulent ruiner le monde à cause de vos intérêts capitalistes. Restez loin de moi avec vos virus de cupidité et de mort que vous ne voulez pas anéantir. Eloignez-vous, dis-je. Sinon…

Cororique : Patron, vous nous menacez ? C'est vous qui nous aviez mis dans cette situation embarrassante.

Corocina : Patron, c'est vrai en plus.

Le Géant : Ah bon ! Le tort me revient alors. C'est cela l'ingratitude humaine. Toujours remercier du revers de la main. Eloignez-vous dis-je !

Tous deux : Jamais !

Le Géant : D'accord. Extchissé ! A mes souhaits. Extchissé ! A mes amours que vous êtes. Kpoho kpoho kpoho kpoho. Vous voyez que j'éternue et je tousse, non ? (*Cette fois-ci, ils le prennent au sérieux et s'éloignèrent de lui*). Hahaha ! Je vous ai bien eu. Restez distants de moi avec vos microbes, vos bactéries et vos virus indésirables. Hahahaha ! Hahaha!

Cororique : Ah, non hein ! L'heure n'est pas à la rigolade ! Va te faire dépister et te faire soigner contre le virus Corocina. Si ton souhait est de mourir, nous, du moins moi, je n'ai pas envie de mourir ou de perdre les miens bêtement comme les insensés qui se sont retrouvés entre les planches en voulant s'accrocher aux plaisirs de la vie.

Corocina : Ah, non hein ! Je ne suis pas le virus. Que veux-tu insinuer ? J'ai bien entendu mon nom. Corovir n'est-il pas différent de Corocina ? Je n'aime pas cette provocation indirecte et je ne peux pas l'accepter.

Cororique : Monsieur Le Géant, moi je reconnais que je l'ai contaminé au virus capitaliste, mais pas méchamment. Je l'ai fait pour son bien, même s'il me copie malhonnêtement. Excusez-moi, cher ami Corocina, nous sommes des amis invisibles et des ennemis visibles. Je sais qu'avec toi je manigance plusieurs choses contre le monde, mais laisse-moi te dire la vérité, te dire haut ce que les autres pensent et disent tout bas à ton sujet. Tu es un vrai photocopieur, un poison pour le monde entier, mais un sauveur pour les pourritures. C'est ta photocopie qui t'élève au rang de commandeur du monde en photocopie.

Corocina : Je me réjouis d'être célèbre de par le monde grâce à mes photocopies. C'est les affaires, ces photocopies. Et les affaires sont les affaires. C'est bien cela qui fait ma particularité, ma réussite et ma célébrité. La preuve, même sur le tarmac des aéroports, moi je fais mes affaires et partout ailleurs. Capitalisme oblige ! Mais tu sais que j'ai mes qualités originelles, non altérées, qui font que tu me respectes et que chacun de nous est sur un pied de guerre.

Cororique : Justement. C'est ce qui nous a valu cet éloignement du Géant parce que l'excès en toute chose est nuisible. Tu manges et fais tout et tout. Cafards oooh, *ham*, fientes oooh, *ham*, serpents oooh, *ham*, jeunes plantules ooooh, *ham*. Tu pratiques la loi de « tout ce qui ne tue pas engraisse ». Et comme tu manges tout, il faut tout inventer pour renforcer ta célébrité mondiale. Des bactéries, des virus créés de toute pièce, cultivés, élevés pour me concurrencer, voilà là où nous en sommes aujourd'hui. Une situation qui t'échappe, qui m'échappe, qui échappe au monde entier, à force de vouloir terroriser les autres par tes molécules nuisibles.

Corocina : Ah, non Cororique, nous sommes des amis-ennemis. Je n'ai pas fabriqué de virus.
Cororique : Si. C'est toi qui les as fabriqués. Tout est parti de chez toi.

Corocina : Ah, non ! Ce sont des espions habillés qui nous les ont transmis.

Cororique : Pas du tout. C'est ton virus et sois honnête pour le reconnaître.

Corocina : Rectificatif ou je porte plainte au tribunal mondial bactériologique pour diffamation.

Cororique : Soit. Tu sais ce qui se passe là-bas et toi et moi sommes conscients de ce qui s'est réellement passé. Tu sais que nous nous ménageons dans notre monde des affaires. Tu arranges mon affaire et j'arrange la tienne. Et ça marche. Si tu veux muscler, ça n'arrangera personne de nous deux.

Le Géant : Vous allez vous taire vous ? Vous avez mis le monde dans une désolation totale. Au lieu de penser à l'antidote, vous ne pensez qu'à vos placements. À cause de moi, Le Géant, vos cœurs sont plus durs que l'acier. Tant que vous aurez vos dollars, les victimes peuvent continuer par se multiplier.

Corocina : Monsieur Le Géant, il y a les masques. Nous en produisons des tonnes par jour. Nous en vendons et nous en faisons des dons. Mais ceux qui les reçoivent préfèrent les vendre que de se protéger. Tant pis pour les récalcitrants.

Le Géant : C'est le monde des affaires n'est-ce pas ? Hahaha ! Ceux qui ont eu un ou deux masques préfèrent les vendre que de se protéger avec. Quel monde pourri de la pourriture capitaliste! (*Corocina et Cororique se retirent de la scène*).

TABLEAU X

Le Géant et ses seize collaborateurs (Le Cinquième Rapporteur étant tué) sont tous debout. Les collaborateurs reforment le cercle. Cette fois-ci ils se tiennent par les mains de fraternité. Le Géant, au milieu du cercle, porte son manteau d'homme de Dieu pour dire la messe. Il est indifférent aux mesures de fermeture des lieux de rassemblement pour cause de propagation de corovir, qui ronge le monde. Il croit et fait croire à ses fidèles que Jésus a porté sur la croix toutes les maladies et que par ses meurtrissures ils sont guéris.

Le Géant : Nous allons ouvrir la séance d'aujourd'hui par une prière particulière. Vous n'êtes pas sans savoir que Satan et ses agents sont à l'œuvre. Ils sont en train de propager corovir, mais laisse-moi te dire que toi et ta maison vous ne serez pas atteints. Au nom de Jésus de Nazareth.

Tous : Amen !

Le Géant : L'esprit de mort devait passer en Egypte et Dieu a prévenu Moïse lui demandant de dire aux enfants d'Israël d'immoler des agneaux et de mettre leur sang sur les linteaux de leurs portes. C'est ainsi qu'ils furent sauvés de la mort. Je vous demande des sacrifices spirituels que sont des prières qui vont monter vers Dieu comme des parfums de bonnes odeurs. Priez, mettez des signes spirituels du sang de l'agneau, Jésus, qui s'est déjà sacrifié pour nous. Plus de sacrifice physique aujourd'hui. Priez dans le nom de Jésus !

Tous : Ricadamamama ! Toi, corovir, nous t'écrasons, nous t'exterminons, espèce de virus mal élevé, espèce de virus impoli, espèce de virus étranger. Nous te renvoyons chez toi au nom de Jésus. Nous te renvoyons chez tes parents mangeurs de cafards et malpropres au nom de Jésus. Nous te ligotons, t'enchaînons dans l'abîme des ténèbres au nom de Jésus. Nous te fendons, te pourfendons et te brûlons du feu du Saint-Esprit dans le nom de Jésus. Nos corps sont vaccinés du sang de Jésus contre toi.

Le Géant : *In the precious name of Jesus, we pray.* Amen !

Tous : Amen !

Le cercle se reconstitue avec Le Géant au milieu.

Le Géant : Nous allons encore prier. Jésus dit : « Priez sans cesse afin que vous ne tombiez en tentation ». Chicarabababa ! Chicorobobobo. Nous allons prier mes frères et sœurs, pour notre restauration, une sorte d'exorcisme pour chacun de nous, à commencer par moi-même. Le monstre hideux, le capitalisme, gouverne le monde et nous entraîne sur des voies iniques. Prions pour implorer la grâce divine, car il est écrit dans la Bible que l'amour de l'argent est inimitié devant Dieu. Chicarabababababa ! Rocotobobobobo ! Je vois un monstre circuler parmi nous, cherchant qui dévorer, le monstre de la cupidité, Mammon en personne. Priez pour l'éloigner de nous. Prions.

Le Géant : *Le Yesu be nkome midogbeɖa le.* Amen !

Les seize : Amcn !

Le Géant : Amen !

Les seize: Amen !

Le Géant : À présent, faisons une quête. Vous voyez, les instruments de musique là, c'est de l'argent, mon costume, la robe et les rouges à lèvres de mon épouse, les murs de l'église, les meubles, etc. c'est de l'argent, donc si vous voulez offrir à Dieu, ne mettez pas les pièces. Offrir une pièce est une malédiction. Semez au moins 500FCFA et un miracle vous attend au sortir de l'Eglise.

Une voix : Et en dessous de 500F ?

Le Géant : C'est la malédiction, dis-je. Allons. Ne perdons pas le temps. À cause de corovir, j'ai fait fabriquer un objet spécial de collecte de fonds à distance, une cuillère à long manche. Que chacun reste à sa place pour la collecte, mais je vous explique comment elle sera faite. Pendant que la chorale de cinq personnes exécute la chanson de bénédiction, je présente l'objet de collecte devant chaque fidèle. La moisson que je bénirai de ma main, est gérée par mon épouse. Elle la rangera dans mon sac. Des quêtes des natifs de dimanche à samedi, des quêtes spéciales pour mon anniversaire, celui de ma femme, celui de chacun de mes deux enfants, celui de l'Eglise et des actions de grâce seront effectuées.

Tous : Oh ! *Mia tɔwo, mila gã ?*

Une voix : Vous ne voyez pas que c'est de l'escroquerie, tout cela ?

Le Géant : (*Il va vers la personne qui venait de parler et lui impose la main*). Chicarabababa ! Satan, je te chasse de ce corps. Esprit rebelle, sort de ce corps et va très loin dans l'abîme des ténèbres. Ne l'écoutez pas. Je vous assure. Chirabababa ! Ceux qui veulent retrouver des miracles à leur domicile au retour n'ont qu'à venir laisser à mes pieds tout ce qu'ils ont comme argent pour éprouver Dieu. Robototototo ! L'Esprit de Dieu est descendu sur moi. Tout ce que je vais dire, *rigth now,* va s'accomplir. Recevez la bénédiction, au nom de Jésus, recevez des miracles au nom de Jésus-Christ. Au nom de Jésus-Christ, j'ai prié. Amen !

Tous : Amen !

L'esprit de cupidité, d'exploitation et d'escroquerie excédé par la gloutonnerie du pasteur, Le Géant, le frappe de mort. Mort subite exécutée par le corovir sur des billets infectés qu'il a touchés sans gants. Il tombe raide. Les fidèles ne s'occupent pas de son corps. Ils sautent sur son sac et le disputent avec son épouse. Ils le mettent en lambeaux. Les billets infectés sont éparpillés. Au sol, on voit certains déchirés et abandonnés ; des fidèles accourent à la recherche d'autres, bons et rares, trainant encore par terre. Ils se bousculent, se bagarrent. L'esprit de cupidité chagriné par leur hypocrisie les frappent un à un autour du Géant, tous infectés du corovir. Le cercle de morts au milieu duquel figure le corps inerte du Géant, est visible. Un désordre s'observe à l'intérieur et à l'extérieur du cercle. Cela rappelle le livre d'Esaïe : « Ce peuple m'honore de la bouche et des lèvres, mais son cœur est éloigné de moi » (Esaïe 29 : 13).

Rideau !

Printed in the United States
by Baker & Taylor Publisher Services